AF454515

VENTE

Du Jeudi 27 Janvier 1910

HOTEL DROUOT, SALLE No 11

A DEUX HEURES

OBJETS D'ART

ET

D'AMEUBLEMENT

ANCIENS ET DE STYLE

COMMISSAIRE-PRISEUR

Me F. LAIR-DUBREUIL

EXPERT

M. R. BLÉE

CATALOGUE

DES

OBJETS D'ART & D'AMEUBLEMENT

ANCIENS ET DE STYLE

Miniatures — Boîtes — Objets de vitrine

ANCIENNES PORCELAINES DE CHINE

TABLEAUX — GRAVURES — OBJETS VARIÉS

BRONZES D'ART

BUSTES — STATUETTES — GROUPES

Par: Gaudez. Grégoire, Madrassi, Mathurin Moreau, Signoret
Ledieu, etc.

IMPORTANT BAS-RELIEF EN BRONZE PATINÉ

Bronzes d'Ameublement

MARBRES

MEUBLES ET SIÈGES

ANCIENS ET DE STYLE

COMMODE, BUREAUX, SECRÉTAIRE, BIBLIOTHÈQUES, TABLES, CONSOLES
ARMOIRES NORMANDES, BAHUT, HORLOGE, ETC.

Bel Ameublement de salon en tapisserie d'Aubusson

TAPISSERIES — TAPIS D'AUBUSSON ET DE SMYRNE

DONT LA VENTE AUX ENCHÈRES PUBLIQUES AURA LIEU

HOTEL DROUOT, SALLE N° 11

Le Jeudi 27 Janvier 1910, à 2 heures

COMMISSAIRE-PRISEUR	EXPERT
Me F. LAIR-DUBREUIL	**M. R. BLÉE**
6, rue Favart	53, rue de Châteaudun

EXPOSITION PUBLIQUE

Le Mercredi 26 Janvier 1910, de 2 heures à 6 heures

Don S. de Ricci

CONDITIONS DE LA VENTE

———

Elle sera faite au comptant.

Les adjudicataires paieront *dix pour cent* en sus des enchères.

L'exposition mettant le public à même de se rendre compte de l'état et de la nature des objets, aucune réclamation ne sera admise une fois l'adjudication prononcée.

Paris. — Imp. de l'Art, Ch. Berger, 41, rue de la Victoire.

DÉSIGNATION

MINIATURES
OBJETS DE VITRINE

1 — Petite miniature : Portrait de femme Louis XIV. Écrin galuchat.

2 — Miniature ronde : Louis XVI et Louis XVII au Temple. Cadre en cuivre repoussé.

3 — Portrait d'homme en habit de chasse Louis XIV, peint sur cuivre. Cadre orné de fleurs et de filets en émail.

4 — Portrait d'homme en perruque et cuirasse, peint sur cuivre. Époque Louis XIV.

5 — Gravure ronde en noir : Flore. Cadre rond en bois finement sculpté à feuilles, perles et coquilles. XVIIIe siècle.

6 — Miniature ovale : Portrait d'homme à bicorne. Signée : *Thebaut, 1795*. Cadre en cuivre.

7 — Miniature carrée, montrant de profil, en camaïeu sur fond marbré bleu, les portraits présumés de Bernadotte et de sa femme. Cadre à petits ornements en bronze ciselé et doré. Époque Empire.

8 — Petite miniature ovale : Jeune femme en chapeau, tenant un masque. xviiie siècle.

9 — Miniature : Portrait présumé de Bailly, maire de Paris. Epoque Louis XVI. Cadre noir.

10 — Miniature ronde : Jeune femme en décolleté, coiffée d'un chapeau de paille. Époque Louis XVI.

11 — Miniature ronde : Jeune femme en bonnet Attribuée à *Saint*.

12 — Miniature : Portrait de femme Louis XVI, en robe rouge à rayures bleues.

13 — Boîte ovale laquée rouge, décorée d'incrustations d'or et d'argent.

14 — Petite boîte en émail fond blanc, décorée de rosaces et d'ornements émaillés en couleur. Monture en argent.

15 — Petite boîte ovale Louis XVI en écaille décorée d'un bouquet de fleurs en or de couleur.

16 — Boîte rectangulaire en nacre sculptée et gravée. Monture en argent.

17 — Boîte ovale en écaille incrustée de nacre et d'argent, fermoir en argent. Époque Louis XIV.

18 — Souvenir en nacre plaqué d'argent. Époque Louis XVI.

19 — Étui-nécessaire en galuchat, monture en argent. Époque Louis XVI.

20 — Croix avec Christ en vermeil. xviiie siècle russe.

21 — Agrafe et montre de dame en or, émaillées bleu. Chiffre M. H. en or, pavé de roses.

22 — Montre en or, à double boîtier en or repoussé et ciselé, orné d'une scène mythologique, de rocailles et de fleurs. (*Grand-London*). xviiie siècle.

23 — Deux pommeaux d'épées en acier gravé de rinceaux, cavaliers, etc. xvie siècle.

24 — Cinq médailles en bronze de *Dassier*, xviiie siècle : Louis XV, A. Pope, etc., etc.

PORCELAINES, FAIENCES

25 — Petite coupe en ancienne faïence de Savone.

26 — Statuette de jeune veneur en ancienne porcelaine d'Allemagne.

27 — Sucrier en ancienne porcelaine de Saxe, décor à fleurs.

28 — Grand vase, forme Médicis, en faïence italienne.

29 — Deux pichets en grès, monture en étain.

30 — Pot à anse en faïence de Nevers, décor en blanc sur fond bleu. Couvercle en étain.

31 — Deux pots à anse en faïence décorée. Couvercles en étain.

32 — Jardinière porte-bouquets en faïence de Moustiers, décor vert.

33 — Quatre assiettes en porcelaine du Japon, décor polychrome.

34 — Grande coupe couverte en porcelaine de Berlin, décor de sujets militaires et fleurs, monture en bronze doré.

35 — Groupe en biscuit : Jeune homme présentant un agneau.

36 — Pendule, forme borne, en porcelaine, décorée sur la façade d'un sujet mythologique.

37 — Coupe libatoire en ancien blanc de Chine, fleurs et branchages en relief.

38 — Deux chimères porte-bouquets en ancienne porcelaine de Chine, époque des Ming, décorées en couleur.

39 — Coupe-tripode en ancienne porcelaine de Chine, fond brun, décorée de dragons et ornements en blanc et vert.

40 — Bouteille en ancienne porcelaine de Chine rouge sang de bœuf. Socle en bois sculpté.

41 — Paire d'appliques en ancienne porcelaine de Chine, décor polychrome, formées de statuettes de femmes tenant des vases.

42 — Grand vase à col évasé en ancienne porcelaine de Chine, décoré en polychrome sur fond blanc de vases de fleurs et objets divers.

43 — Vase en ancienne porcelaine de Chine, décoré d'un vase de chrysanthèmes et d'objets boudhiques en couleur sur fond céladonné vert.

44 — Grand vase en ancienne porcelaine de Chine rouge haricot. Époque Kien-lung.

45 — Paire de grands vases en faïence japonaise, décor à nombreux personnages, anses à chimères. Socles en même faïence. — Haut. 1 m. 40 environ, y compris les socles.

46 — Paire de grands vases en porcelaine de Saxe, décorés de sujets galants, avec figures d'amours et guirlandes de fleurs en relief.

TABLEAUX, GRAVURES

ÉCOLE FRANÇAISE

47 — *La Partie de cartes.*

ÉCOLE FLAMANDE

48 — *Portrait de femme en robe blanche.*
Pastel ovale.

PORBUS (École de)

49 — *Portrait d'homme à collerette et revêtu d'une armure.*

50 — Portrait, au pastel, de femme Louis XVI, en corsage décolleté et grande coiffure perlée. Cadre en bois doré. XVIIIe siècle.

51 — Autre portrait ovale au pastel : Jeune femme en corsage décolleté et draperies.

52 — Deux gravures noires : le Berger récompensé; l'Obéissance récompensée, par GAILLARD, d'après BOUCHER.

53 — Gravures en noir : le Bouquet inattendu; l'Espoir du retour, par D. GÉRARD, d'après Mlle GÉRARD.

OBJETS VARIÉS

54 — Deux mappemondes sur trépieds en bois sculpté Louis XV.

55 — Buste de Diderot en plâtre patiné, d'après HOUDON.

56 — Six coupes en point d'Alençon mesurant ensemble treize mètres environ.

57 — Deux coupes en point de Milan mesurant ensemble 4 m. 50 cent. environ.

58 à 60 — Huit pièces : soupière, écuelles, verseuses et poudrière en étain. (Sera divisé.)

61 — Statuette de la Vierge tenant l'Enfant Jésus en bois sculpté, xviie siècle. Socle rond en marbre vert.

62 — Deux petites colonnes cannelées en bois sculpté et doré. xviie siècle.

62 *bis* — Groupe en ancienne terre cuite de bergère et de berger jouant de la cornemuse ; ils sont assis sur un tertre, près d'eux un petit chien couché. xviiie siècle.

BRONZES, PENDULES
MARBRES

63 — Paire de petits flambeaux cannelés en bronze doré.

64 — Deux candélabres en bronze patiné à trois lumières. Socle en marbre.

65 — Paire de chenets à galeries ajourées, ornés de brûle-parfums, modillons et guirlandes de fleurs en bronze ciselé et doré. Style Louis XVI.

66 — Paire de chenets en cuivre à galeries à balustre, ornés chacun d'une chimère et d'un vase. Époque Directoire.

67 — Mouchettes et plateau en cuivre ciselé et doré, à godrons, rosaces, fleurs, etc. XVIIe siècle.

68 — Petit plateau circulaire en bronze patiné, décoré de rinceaux fleuris au marli et au fond d'une tête de guerrier.

69 — Brasero circulaire en cuivre à quatre pieds et deux poignées en bronze. XVIIe siècle.

70 — Paire de candélabres, formés chacun d'une statuette de la Victoire, reposant sur un fût et tenant les deux porte-lumières en bronze ciselé et doré, de style Empire.

71 — Paire de chandeliers en bronze ciselé et doré. Époque Empire.

72 — Pendule en bronze reperçé et doré, décorée d'un vase et de guirlandes de fleurs. Socle en marbre rouge. Époque Directoire.

73 — Pendule en marqueterie de Boulle, ornements et moulures en cuivre ciselé.

74 — Lampe de parquet en bronze, à tablette de marbre blanc.

75 — Garniture de cheminée en bronze doré, de style Louis XV, composé de : une pendule et deux candélabres à sept lumières.

76 — Garniture de cheminée en bronze doré, de style Renaissance : pendule et deux candélabres à sept lumières.

77 — Important bas-relief en bronze patiné, représentant Salomé devant Hérode.

78 — Tête de Diane en bronze patiné. XVIIe siècle.

79 — Buste en bronze : Vénus de Milo. *Édition de Barbedienne*.

80 — Statue en bronze patiné, représentant Pâris.

81 — Buste de femme en bronze argenté, de L. GRÉGOIRE. Socle en marbre rouge.

82 — Groupe en bronze : la Source, par SIGNORET-LEDIEU.

83 — Groupe en bronze : la Fortune récompense le Travail, par GAUDEZ.

84 — Groupe en bronze : la Forgeron, par GAUDEZ.

85 — Groupe en bronze : Lutin des Bois, par MADRASSI.

86 — Statuette en bronze : la Rosée, par MATHURIN MOREAU.

87 — Buste de jeune fille : « Nini », marbre blanc sculpté, de BARSOTTI.

88 — Pendule en marbre blanc, ornée d'une
statuette de jeune femme, d'après Falconnet,
et d'un amour en bronze doré. Style
Louis XVI.

89 — Paire de vases en marbre blanc, ornés de
guirlandes de fleurs, têtes de faunes, etc., en
bronze ciselé et doré. Style Louis XVI.

90 — Encrier en marbre vert, orné d'une tête de
Minerve, de palmettes et reposant sur quatre
pieds en bronze doré. Style Empire.

91 — Trois gaines en marbre fleur de pêcher.
Basés et chapiteaux en bronze doré.

92 — Paire de supports à quatre colonnettes en
marbre vert du Brésil. Bases et chapiteaux en
bronze doré.

93 — Deux colonnes en marbre onyx, garnies
de bronze.

MEUBLES, SIÈGES

94 — Deux petites consoles en bois sculpté peint blanc, surmontées de glaces. Style Louis XVI.

95 — Deux consoles en bois sculpté et doré, à rocailles, coquilles et fleurs. Marbres blancs. Style Louis XV.

96 — Petite table à ouvrage en acajou et filets de cuivre. Style Louis XVI.

97 — Deux petites consoles en bois sculpté et doré. Style Louis XVI.

98 — Table de salon en marqueterie à fleurs de bois de placage, ornements, chutes, ceinture, sabots en bronze doré. Style Louis XV.

99 — Console en bois doré et sculpté, à rocaille. Marbre fleur de pêcher. Style Louis XV.

100 — Bibliothèque tournante et porte-photographie en bois laqué.

101 — Commode en bois de violette et marqueterie, poignées en cuivre. Marbre brèche.
Style Louis XV.

102 — Lit de repos à fond et joues cannées en
bois laqué ; garnitures et coussins en velours.

103 — Petit cabinet chinois en bois, décor de
fleurs et d'oiseaux en laqué.

104 — Table à thé, décorée de fleurs en laque.

105 — Console circulaire en bois peint, à dessus
marbre. XVIIIe siècle.

106 — Petite table-bureau, ornée d'un bouquet
en marqueterie et bois de placage.

107 — Table à jeu en bois de citronnier et de
violette et filets en bois de rose.

108 — Bureau plat en bois de rose et de violette,
ouvrant à cinq tiroirs. XVIIIe siècle.

109 — Secrétaire en bois sculpté à pilastres cannelés, dessus de marbre gris.

110 — Table à jeu en acajou ciré, ornée de mo-
tifs en bronze ciselé et doré. Époque Empire.

111 — Écran en citronnier. Style Louis XVI.

112 — Console demi-lune à trois pieds en noyer ciré. Époque Empire.

113 — Paravent à quatre feuilles en cuir, décoré sur fond d'or.

114 — Bureau plat à quatre faces en acajou, à moulures de cuivre, pieds cannelés. Époque Louis XVI.

115 — Écran en bois noir, feuille en damas de soie rouge.

116 — Bibliothèque en bois de rose et bois de violette, garnie de bronzes dorés, ouvrant à deux portes vitrées. Style Régence.

117 — Armoire normande, décor de carquois, en chêne sculpté.

118 — Bahut à deux corps, ouvrant à quatre portes et deux tiroirs, décor à pointes de diamants. XVIIe siècle.

119-120 — Deux armoires normandes scuptées.

121 — Buffet normand en bois sculpté.

122 — Horloge en bois sculpté.

123 — Fauteuil gondole en acajou, à cols de cygne. Époque Empire.

124 — Deux petits canapés en acajou, d'époque Louis XVI, garniture en damas vert.

125 — Bel ameublement de salon en bois de noyer sculpté, parties dorées, de style Régence, garni en tapisserie d'Aubusson à sujets tirés des Fables de Lafontaine. Composé de : deux canapés et quatre fauteuils.

TAPISSERIES, TAPIS

1 26 — Tableau en tapisserie, représentant une femme écrivant. XVIIe siècle. Cadre doré.

1 27 — Panneau de tapisserie : Paysage. Encadré de bordure.

1 28 — Deux portières de Karamanie. .

1 29 — Tapis de Smyrne, décor vert sur fond rouge. Encadrement à dessous symétriques.

1 3o — Tapis d'Aubusson, à dessin polychrome.

1 31 — Carpette de Smyrne.

1 32 — Objets omis au présent Catalogue.